INSTITUT DE FRANCE.

SUR

LA DESTRUCTION RÉCENTE

DE QUELQUES MONUMENTS DE L'ART, A PARIS

PAR LE VICOMTE HENRI DELABORDE

DE L'ACADÉMIE DES BEAUX-ARTS

Lu dans la séance publique annuelle des cinq Académies
le mercredi 25 octobre 1871.

Dans la succession des épreuves que notre pays a traver-
sées depuis le commencement de la guerre, dans le cours de
cette fatale année qui devait laisser après elle tant de souvenirs cruels et tant de ruines, l'Institut de France, loin de
songer à interrompre ou à ralentir ses travaux, a voulu les
associer à tous les efforts tentés pour la défense de la cause
nationale. Fidèle à sa haute fonction, il a prouvé une fois
de plus que le dévouement à la science ou à l'art peut être
et est aussi une des formes du patriotisme. Lorsque, dès les
premiers jours de l'investissement de nos murs, les cinq Académies dont l'Institut se compose se réunissaient en assem-

I

blée générale , elles se préoccupaient noblement, au milieu de toutes les douleurs de la patrie, des intérêts qu'elles ont la mission spéciale de surveiller et de soutenir. Au lendemain du bombardement de Strasbourg et à la veille peut-être du bombardement de Paris, c'était certes un spectacle ayant sa grandeur que celui de cette assemblée dont les membres, résignés d'avance aux dures épreuves d'un siége, ne consentaient à y compromettre que leurs personnes. Représentants de tous les travaux de la paix, ils acceptaient, en face de la guerre, l'éventualité des périls pour eux-mêmes, mais ils repoussaient avec l'ardeur d'un patriotisme indigné les menaces dirigées contre les monuments de l'art français, de nos conquêtes scientifiques, de notre histoire. Que dis-je? En s'efforçant de préserver ces richesses nationales, ils entendaient aussi défendre la propriété de tous les peuples et, pour emprunter les termes mêmes de la protestation votée à cette époque, mettre sous la sauvegarde du droit des gens « les chefs-d'œuvre de tout genre, produits des plus grands esprits de tous les temps et de toutes les contrées, que renferme dans ses musées, ses bibliothèques, ses palais, ses églises, notre antique et splendide métropole. » Et les signataires de la protestation ajoutaient : « Nous répugnons à imputer aux armées de l'Allemagne..... la pensée de soumettre les monuments dont la capitale de la France est remplie aux chances d'un bombardement destructeur. Si néanmoins cette pensée a été conçue, si elle doit se réaliser, nous, membres de l'Institut de France, au nom des lettres, des sciences et des arts..., nous dénonçons un tel dessein au monde civilisé comme un attentat envers la civilisation même; nous le signalons à la justice de l'his-

toire; nous le livrons par avance à la réprobation vengeresse
de la postérité. »

Sous l'empire d'un pressentiment qu'autorisait trop bien
le souvenir de ce qui venait de se passer ailleurs et que, ici
même, l'événement allait bientôt justifier, l'Institut ne se
contentait pas de tenir ce langage et d'accuser ainsi les pro-
jets impitoyables des ennemis qui nous entouraient. Deux
commissions choisies dans son sein étaient chargées de
contrôler les mesures prises par les conservateurs des bibliothèques et des musées pour préserver du danger, pour lui
disputer tout au moins les collections inappréciables que
contiennent ces grands établissements. Rien ne fut omis de
ce qui pouvait, en cas de malheur, présenter quelque chance
de sauvetage; aucune précaution ne fut négligée pour garan-
tir autant que possible l'intérieur de chaque corps de bâti-
ment; mais au prix de quelles concessions pénibles, de quels
sacrifices à la nécessité! Ceux que leur devoir appelait alors
dans ces lieux consacrés à l'étude et que l'étude avait déser-
tés, dans ces salles de nos bibliothèques où tant de trésors
de l'intelligence gisaient, hors des rayons, à côté de l'appa-
reil brutal ou des approvisionnements vulgaires de la force,
ceux-là savent ce qu'un tel désordre avait de tristement élo-
quent et ce qu'étaient, dans leurs caractères matériels, ces
vacances auxquelles l'attente du péril ou de la lutte condamnait hommes et choses : vacances lugubres, quelle qu'en dût
être l'issue, veille d'armes néfaste, là même où elle n'a pas
été suivie d'un cruel lendemain, et dont le souvenir, lié à
celui de tant d'autres faits, se perpétuera comme un reproche
dans l'histoire de la dernière guerre et des mœurs qu'y au-
ront apportées nos ennemis!

Si, en quittant ces salles sans vie et sans lumière, d'où les menaces du canon avaient chassé le travail, si, au sortir de ces bibliothèques réduites à n'être plus qu'un champ préparé pour le combat ou à garder l'apparence sinistre d'un sépulcre, on pénétrait dans les galeries de nos musées, le spectacle n'était pas moins funèbre ni le sentiment de douleur qu'on éprouvait moins poignant. Même inertie, même silence de mort; même contraste entre la destination ordinaire des lieux et les mesures prises en vue des scènes terribles dont ils pouvaient, d'un instant à l'autre, devenir le théâtre. Là toutefois la lumière se répandait encore, mais une lumière plus triste, plus navrante peut-être que la nuit, puisque ses rayons inutiles n'éclairaient plus que des parois nues, des espaces vides. Les chefs-d'œuvre appartenant à tous les siècles et à toutes les écoles avaient disparu de ces galeries du Louvre, de ce grand salon, depuis si longtemps illustrés par leur présence. Partout l'aspect de la désolation; partout, jusque dans l'immuable splendeur des décorations architectoniques, jusque dans le luxe de ces entablements et de ces voussures destinés naguère à surmonter les merveilles de l'art, et qui, ne couronnant plus maintenant que le néant, semblaient par le contraste ajouter un surcroît de misère à ces murs dépouillés et en signaler d'autant mieux le déshonneur.

Et pourtant, quelles que fussent les douleurs ou les anxiétés de cette époque, tous les maux qui nous menaçaient ne devaient pas se borner à ceux que l'on prévoyait alors. Lorsque les membres de l'Institut, de concert avec les fonctionnaires attachés à nos établissements publics, travaillaient à mettre nos plus précieuses richesses nationales à l'abri des

obus incendiaires de l'ennemi, pouvaient-ils deviner qu'après
avoir échappé à ce péril, elles ne tarderaient pas à courir
d'autres risques plus terribles encore, à devenir la proie
d'autres feux attisés sur place et par des mains qui ne seraient
plus celles de l'étranger?

Chacun d'entre nous ne sait que trop par quels actes de
féroce démence les derniers jours du mois de mai 1871 ont
été signalés à Paris. Tandis qu'une bande d'assassins sacrifiait des victimes humaines à ses haines aveugles ou à ses fu-
reurs, d'autres meurtriers, plus stupidement cruels encore,
entreprenaient de lancer la mort même sur les choses, rem-
plaçaient le fusil par la torche, l'arme qui tue en face par la
mine sournoise et le pétrole, et, le moment venu, livraient à
la destruction qu'ils avaient systématiquement préparée les
murs coupables à leurs yeux de perpétuer les souvenirs de
notre histoire, d'honorer notre art national, notre civilisation. D'un bout à l'autre de la ville, les ruines de trop de
monuments et de maisons rendent témoignage de ces crimes
pour qu'il semble nécessaire d'en rappeler l'infamie. Et
cependant qui sait si déjà nous n'en sommes pas venus à
nous familiariser avec nos désastres, à nous accommoder en
quelque sorte des forfaits accomplis? Assez de gens pardon-
nent presque aux incendiaires d'avoir anéanti les Tuileries
et l'Hôtel-de-Ville, parce qu'ils n'ont pu réussir à réduire
en cendres le Louvre et la Sainte-Chapelle. D'autres vont
plus loin encore dans cette voie de résignation à tout prix.
Peu s'en faut qu'ils ne trouvent au crime essayé ou commis
une excuse dans son énormité même, et qu'ils n'attribuent
à ceux qui l'ont voulu je ne sais quelle arrière-pensée hé-
roïque. Comment oublier pourtant que ces hommes qui

avaient si bruyamment juré de « s'ensevelir sous les ruines de leurs maisons » n'ont renversé que les maisons d'autrui et, le coup une fois fait, se sont éloignés du tombeau qui devait les engloutir? Non, lorsqu'ils prétendaient déposséder chacun de sa part dans les richesses nationales, des fruits de son propre travail ou de ses souvenirs domestiques, lorsqu'ils mettaient le feu aux édifices publics ou aux propriétés privées, aux hôtels, aux boutiques même de leurs voisins, ces fanatiques de la destruction ne faisaient que parodier, au profit d'une passion monstrueuse, la rage patriotique des défenseurs de Saragosse ou de Moscou.

Quant à cette tendance qu'on a pu remarquer dans une partie de la population à tenir moins de compte de ce qui a péri que de ce qui a par hasard survécu, les malheurs subis sont-ils donc si secondaires qu'on ait dès à présent le devoir de s'en consoler? Sans doute les trois établissements dont la perte pour l'art et pour la science eût été le plus absolument irréparable, — le musée du Louvre, la Bibliothèque nationale et les Archives, — sont encore debout : suit-il de là qu'il faille passer condamnation sur ce qui est advenu d'autres monuments précieux à tant de titres, d'autres souvenirs du passé maintenant disparus pour jamais? Nous ne parlons pas de la longue et peut être éternelle perturbation jetée dans l'ordre des intérêts privés et des affaires par l'anéantissement des pièces authentiques que contenaient certains dépôts publics ; nous ne parlons même pas, au point de vue de l'art, des édifices qui, avec du temps et de l'argent, pourront être reconstruits suivant leurs formes consacrées et caractéristiques, — sauf à n'être plus qu'une contrefaçon d'eux-mêmes et à simuler seulement la physionomie véné-

rable que les siècles leur avaient imprimée. Les architectes
contemporains réussiront sans doute à restituer en apparence
les murs élevés par Boccadoro ou par Marin de la Vallée;
avec le peu qui subsistait de l'œuvre de Philibert Delorme
dans le palais des Tuileries, agrandi et presque refait pour
Louis XIV, on ressuscitera peut-être certaines lignes, certaines parties principales des bâtiments primitifs; mais les
chefs-d'œuvre ou les raretés que ces murs contenaient, qui
les fera renaître de leurs cendres? Il n'en va pas d'une fres-
que ou d'un tableau comme d'un monument d'architecture
dont les plans, une fois conservés, permettent de rétablir
exactement les proportions et l'aspect. A moins qu'elle n'ait
été préalablement reproduite par la gravure, l'œuvre du
peintre disparaît tout entière le jour où elle est mise en
pièces, et, lors même que le burin en aurait conservé l'image,
on ne trouverait pas là, ou l'on ne trouverait qu'à un moindre
degré ce moyen de reconstruction absolu, mathématique,
que fournissent l'élévation et les plans d'un édifice tracés sur
le papier. Les peintures et les objets d'art incendiés à Paris,
il y a quelques mois, sont donc bien et irrévocablement per-
dus, et le seul souvenir matériel qu'on en puisse garder ne
dépasse pas les termes d'une simple nomenclature.

Dira-t-on que tout n'est pas également digne de regret
parmi ces objets livrés aux flammes ; que dans les salons des
Tuileries, par exemple, sous ces voûtes ornées par les architectes français du XVIIe siècle, — et dont quelques-unes
d'ailleurs offraient un spécimen accompli, le plus beau qui
existât peut-être de l'art décoratif à cette époque, — plus
d'une œuvre médiocrement intéressante se rencontrait à
côté de curiosités d'un haut prix? Il est vrai, mais la distinc-

tion à faire est-elle ici plus légitime, plus nécessaire que l'indignation à ressentir, et faudra-t-il proportionner l'horreur
pour le mal à la valeur relative des choses qu'il aura atteintes?
En tout cas, il est telle autre série de pertes dont les caractères
et l'importance ne fourniraient même pas un prétexte à ces
restrictions, à ces regrets mitigés. Que l'on se rappelle tout
ce que, pendant trois siècles, le ciseau et le pinceau des
artistes français avaient accumulé de productions remarqua-
bles dans cet Hôtel-de-Ville destiné à devenir de nos jours
le repaire de la tyrannie démagogique et, bientôt, grâce à
elle, un monceau de ruines. Depuis les sculptures de Pierre
Biard, au temps de Henri IV, jusqu'à la galerie des *Paysages*
peints par Hubert Robert vers la fin du dernier siècle; depuis la belle statue en bronze de *Louis XIV*, par Coysevox,
jusqu'au portrait de *Napoléon Ier*, une des meilleures toiles
de Gérard, les spécimens les plus propres à résumer l'histoire de notre art national se trouvaient là, non pas classés,
comme dans un musée, par ordre chronologique et par
groupes, mais répartis d'un bout à l'autre du monument,
suivant les convenances ou les nécessités de la décoration. Et,
pour ne parler que des œuvres contemporaines, quels em-
bellissements le talent des maîtres qui siégent aujourd'hui
dans l'Académie des beaux-arts n'avait-il pas ajoutés à ces
murs élevés ou transformés par deux d'entre eux (1), avec
une science et une habileté à la hauteur de la tâche!

À côté des salons où Ingres avait représenté, en le revêtant
de toute la majesté de son style épique, un sujet de notre

______

(1) M. Lesueur et M. Ballard.

histoire moderne, où Delacroix s'était efforcé d'approprier sa manière aux exigences d'une composition allégorique sur *la Paix*, combien de plafonds, combien de vastes peintures murales signées de noms appartenant à l'Académie des beaux-arts, et dont elle a plus que jamais le droit d'être fière, puisque ces noms, consacrés d'abord par l'éclat du succès, empruntent maintenant un nouveau titre du malheur noblement supporté! Que le peintre de ce charmant plafond des *Saisons* dans le *Salon du Zodiaque*, de cette œuvre qui rajeunissait, il y a quelques années, la longue réputation du peintre de *Saint Étienne* et de la *Fille du Tintoret* (1), comme, quinze ans auparavant, les élégantes décorations du *Salon des Arts* et de la *Salle des Cariatides* avaient commencé la réputation du futur peintre de la *Naissance de Vénus* (2); que cet autre, ancien disciple d'Ingres, devenu un maître à son tour, à qui l'on devait l'immense et savante série des peintures de la *Galerie des Fêtes*, et qui a vu aussi un de ses plus beaux ouvrages périr dans l'incendie du Palais-de-Justice (3); que d'autres encore parmi nos confrères sachent donc, qu'ils sachent bien qu'en disparaissant avec les murailles dont elles étaient l'honneur, les œuvres qu'ils avaient faites ne laissent pas après elle que des regrets. Par cela même qu'elles ne sont plus, elles éterniseront la mémoire du crime. Ceux qui viendront après nous maudiront les mains qui les ont détruites, comme nous accusons encore aujourd'hui, — et pourtant quelle différence entre les mobiles des faits aux deux

---

(1) M. Léon Cogniet.
(2) M. Cabanel.
(3) M. Lehmann.

époques! — le vandalisme avec lequel on sacrifiait, dans le dernier siècle, les vieilles peintures de nos églises ou la *Galerie d'Ulysse,* à Fontainebleau.

Certes, l'Hôtel-de-Ville eût-il été le seul édifice public anéanti par les nouveaux barbares, l'Académie des beaux-arts, en figurant au premier rang parmi les victimes de ce désastre, aurait largement eu sa part dans les épreuves de notre temps. Mais quel tribut n'a-t-elle pas dû payer encore, que n'a-t-elle pas eu à souffrir ailleurs d'actes si prodigieusement insensés qu'on ne sait, lorsqu'on se condamne à en chercher l'explication, ce qui l'emporte chez ceux qui les ont commis, de la perversité ou de l'ineptie! Un jour, c'est l'éminent sculpteur de la statue surmontant le monument le plus populaire de notre histoire militaire, la *Colonne de la Grande Armée* (1), qui la voit partager le sort de cette glorieuse colonne et tomber avec elle, aux applaudissements impies de ceux-là mêmes dont les pères avaient versé leur sang pour conquérir et léguer à la France le bronze qui lui retracerait ses triomphes, et en immortaliserait le souvenir. Quelques jours plus tard, un autre maître dont une éclatante récompense nationale avait achevé de consacrer les rares talents et les travaux, l'architecte du nouveau Palais de Justice (2), était atteint dans la partie de son œuvre où les flammes de l'incendie pouvaient le mieux exercer leurs ravages. En envahissant les deux grandes salles des Assises et leurs dépendances, le feu y détruisait tous les détails de l'architecture avec les peintures auxquelles

---

(1) M. Dumont.
(2) M. Duc.

ils servaient de cadre, et les pièces d'un mobilier aussi
rigoureusement conforme au caractère pittoresque des lignes
environnantes qu'à l'austère destination du lieu. Enfin,
tandis que, au nouveau Palais de Justice, le corps du bâti-
ment où se tenaient les Assises était ainsi réduit en cendres,
quelques-unes des salles du nouveau Louvre, celles qui
renfermaient la bibliothèque, subissaient un traitement sem-
blable et périssaient de la même mort. Quoi de plus naturel,
après tout ? Non-seulement il y avait là des richesses scientifiques et littéraires qui, en raison de leur valeur insigne,
méritaient bien de disparaître : mais l'art avec lequel l'architecte du monument (1) avait abrité ces trésors, n'était-il
pas lui-même une offense au matérialisme démagogique,
à cet évangile du néant dont on prétendait installer le
règne ?

Et quel ennemi d'ailleurs, quel obstacle gênant pour les
apôtres de la vie sans pensée, que ce Louvre rempli d'un
bout à l'autre des chefs-d'œuvre du génie humain ? Les
tristes fous qui s'étaient donné la mission de vaincre la
vieille civilisation et d'en supprimer partout les traces,
n'avaient-ils pas, au nombre de leurs plus impérieux devoirs,
celui de faire place nette là où les grands exemples légués
par les siècles pouvaient le mieux perpétuer nos préjugés ?
Ils essayèrent donc d'incendier les collections de notre
incomparable musée, et, sauf pour ce que contenait la
bibliothèque, ils n'y réussirent pas, grâce à Dieu. Mais une
pareille tentative suffit pour caractériser leurs épouvantables
doctrines et pour les vouer à une aussi universelle indignation

---

(1) M. Lefuel.

que tel forfait commis ailleurs jusqu'au bout, que telle
autre affreuse entreprise qui a eu le temps de réussir.

Cependant, à l'embrasement des édifices publics sur les
deux rives de la Seine, depuis l'Hôtel-de-Ville jusqu'au
Palais-Royal, depuis le Palais de Justice jusqu'au Palais de
la Cour des comptes, s'ajoutait l'incendie des propriétés
privées, et, de ce côté encore, la rage de la destruction nous
condamnait à plus d'un deuil cruel. Une maison surtout,
chère à tous les amis de l'art, laissait en disparaissant un
irréparable vide, et, pour quiconque en avait autrefois franchi
le seuil, des regrets personnels d'autant plus amers qu'il
s'y mêlait le sentiment d'un véritable malheur public;
maison bien connue de l'Académie des beaux-arts dont
elle semblait être la succursale, tant les membres de cette
compagnie s'y sentaient habituellement attirés par l'hos-
pitalité qu'ils y recevaient d'un de leurs plus vénérés confrères, et par les belles œuvres dans tous les genres qu'ils
avaient l'occasion d'y étudier; maison bien connue aussi des
jeunes artistes qui, après Flandrin, après Simart, après tant
d'autres talents encouragés à temps ou libéralement aidés
au début, trouvaient sous ce toit deux fois généreux, à côté
des hautes leçons du passé, les conseils et l'appui les plus
utiles, la plus active protection dans le présent.

C'était là, comme jadis dans la demeure où s'étaient
succédé les deux Mariette, que le fils d'un artiste érudit,
érudit et artiste lui-même, s'appliquait incessamment à
augmenter la collection d'objets d'art qu'il avait héritée de
son père. C'était là que le plus ancien et le plus fidèle ami
d'Ingres avait pieusement recueilli d'année en année, pour
les conserver à la France, ces belles études, ces dessins admi-

rables dans lesquels le peintre d'*Homère* et de *Saint Sympho-rien* traduisait les émotions de sa pensée en face de la nature avec la puissante sincérité d'un maître, et d'un maître en pareil cas à la hauteur des plus grands; c'était là enfin qu'en regard de précieux tableaux italiens et flamands du quinzième siècle, figuraient des tableaux peints par Sébastien del Piombo, par Andrea del Sarto, par Rubens, par Poussin, et la seule sculpture connue de la main de ce noble artiste; que de beaux bronzes antiques et des émaux de la renais-sance, de nombreux dessins dus aux principaux maîtres des diverses écoles, des recueils d'estampes dont plusieurs auraient pu soutenir la comparaison même avec ceux de la Bibliothèque nationale, — qu'en un mot tous les genres d'enseignement, tous les moyens d'expression successivement employés par le talent, toutes les formes du beau, se résumaient dans une série de spécimens savamment choisis.

Que reste-t-il aujourd'hui de tant de richesses auxquelles la libéralité du possesseur avait d'avance assigné une place dans les galeries de nos bibliothèques et de nos musées ? De ces mille monuments de l'art que le Louvre, l'École des beaux-arts, la Bibliothèque nationale, d'autres grands éta-blissements encore devaient tenir un jour d'une main si irrévocablement décidée au bienfait qu'elle avait apposé déjà sur chaque objet le timbre de la collection publique à laquelle il était destiné, le peu qui subsiste ne sert guère qu'à nous rappeler ce qui a péri et à nous faire mesurer l'étendue de la perte. Une merveilleuse peinture de Memling a pu être sauvée, il est vrai, parce que le graveur chargé de la reproduire l'avait chez lui au moment où le feu s'em-parait, pour l'anéantir, du toit qui l'abritait depuis tant d'années; quelques portefeuilles contenant des dessins ou des estampes, quelques objets d'art plus ou moins avariés ont pu être arrachés aux flammes ou retrouvés plus tard sous les décombres. Qu'est-ce toutefois que ces rares épaves au prix des trésors engloutis? La plus belle collection particulière qui existât à Paris, la plus importante, à ne considérer que la valeur intrinsèque des œuvres comme la plus variée dans ses éléments, n'est plus, hélas! qu'un souvenir; mais ce souvenir, devenu pour tous celui d'une grande perte nationale, ne saurait ni s'effacer ni s'affaiblir. En se confondant avec la reconnaissance due aux plus généreuses, aux plus patriotiques intentions, nos regrets n'en seront que plus durables, et les *Collections Gatteaux* survivront dans la mémoire publique à leur ruine, comme le nom de celui qui les avait formées gardera ses droits au respect unanime des artistes, des amis de l'art, et du pays.

Est-ce tout? Avons-nous tout dit? Dans ce relevé des attentats contre le patrimoine commun, dans ce douloureux nécrologe des gloires qui nous appartenaient et qu'une série de crimes sans nom nous a ravies, plus d'un fait, je le sais, n'a pas trouvé sa place; plus d'une victime est restée, pour ainsi parler, hors de cause. A quoi bon insister au surplus? Les actes que nous avons rappelés suffisent de reste pour l'ignominie des coupables et pour l'honneur des talents qu'ils ont outragés dans leurs œuvres, des éternels principes qu'ils prétendaient abolir d'un coup de main. Pauvres gens qui croyaient apparemment, en renversant des murailles, en brûlant des peintures ou des livres, façonner l'esprit humain à leur guise, en renouveler les instincts, en supprimer les plus invincibles aspirations! Ils se sont donné la joie, la joie hideuse, de promener la mort sur les monuments de l'art passé ou contemporain : ont-ils pour cela réussi à détruire en nous l'idée de l'art lui-même, le besoin et le pressentiment du beau ? Qui sait ? Peut-être n'ont-ils fait par là qu'ajouter un surcroît d'énergie à ces inclinations naturelles, à ces désirs innés de notre cœur ; peut-être, en demandant leurs succès d'un jour à la violence, ont-ils surtout préparé la renaissance et bientôt le règne de ces idées qu'ils voulaient étouffer ; car il y a dans les affaires humaines, telles que Dieu les conduit, quelque chose de plus impérieux à la fin et de plus concluant que le fait, de plus vivace que la vie matérielle, de plus fort que la force même : c'est la vérité morale, c'est le droit. Tardif ou non, inopiné ou prévu, le moment vient toujours où ce droit se relève de ses défaites. En présence des pertes que l'art a subies, et sous le coup des douleurs présentes, gardons-nous donc de désespérer de l'avenir. Que nos regrets, si profonds qu'ils soient, ne compromettent rien de notre courage ; que notre indignation même contre le mal ne fasse pas tort à l'opiniâtre sérénité de notre foi, et, plus fortement convaincus que jamais, mieux aguerris par les épreuves, sachons voir jusque dans les révoltes de l'esprit matérialiste la démonstration du beau et de ses lois, jusque dans la démence du crime la promesse et la preuve du bien.

Paris. — Typ. de Firmin Didot frères, fils et Cie, rue Jacob, 56.